O D E
A L'ESPÉRANCE,

PAR M. DE FLEURY.

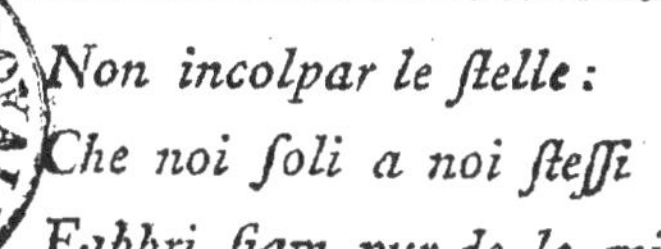

Non incolpar le stelle :
Che noi soli a noi stessi
Fabbri siam pur de le miserie nostre.

GUARINI, Past. Fid.

O D E
A L'ESPÉRANCE.

Monstre, qu'on appelle Eſpérance,
Idole des Ambitieux,
Sous le maſque de l'abondance,
Tu ſéduis nos cœurs par nos yeux.
Dans l'accès de notre délire,
Ta bouche, par un faux ſourire,
Nous traîne aux fins de l'univers ;
Et la Raiſon, roſeau flexible,
Par une force irréſiſtible,
Courbe ſa tête ſous tes fers.

A ij

Déja l'éclat de tes portiques
A frappé nos fens enchantés ;
Déjà par des reflets magiques
L'œil perce au fein des voluptés ;
On s'élance, on fe précipite :
Chûte affreufe! une nuit fubite
Succède au brillant des dehors ;
L'œil en vain fe porte en arrière,
Il n'eft plus tems ; & la barrière
Y fixe à jamais nos remords.

Fantôme cher à la Jeuneffe,
Ombre, fous le nom de plaifir,
Sans le réfeau de la fageffe,
Oifeau dangereux à faifir,
Au milieu d'un effain folâtre,
Avec fes jolis doigts d'albâtre
Hébé plus vive t'a furpris ;
Demain, pour prix de fa victoire,
Succéderont à tant de gloire
Le repentir, & le mépris.

PAR une illusion cruelle,

Par l'or qu'on vous fait entrevoir,

Une main souvent infidelle ,

Pontes, vous laisse au désespoir.

Tourmentés par votre Furie ,

Vous courez à la Loterie ,

Hasard encor plus incertain ;

Dans le songe qui vous abuse ,

Le sort rigoureux vous refuse

Un Extrait, pour avoir du pain.

QUEL est sous cette voûte obscure

Ce Mortel pâle, & décharné ?

Il porte empreint sur sa figure

Le repentir d'un forcené.

Hier ivre de son prestige ,

Sur ses affaires en litige

Il dédaigne un arrangement ;

Dans cet instant l'Aréopage

A changé le prestige en rage

Par la foudre d'un Jugement.

ARRÉTEZ, Mortels téméraires ;
Qui , méprifant l'art des moiffons ,
Expofez le bien de vos pères
A la fureur des Aquilons.
Détrompez-vous fur votre ivreffe
Pour un vain defir de richeffe,
Qu'un inftant peut anéantir.
Laiffez le Pauvre, en fa mifère,
Courir après une chimère
Qu'un coup de vent peut engloutir.

INSENSÉ, qui crois, fans partage,
Surprendre, nouveau Créateur,
A la Nature fon ouvrage,
A l'Eternel fa profondeur,
Dans un creufet ta main avide,
Par les effets d'un triple acide ,
En or pur va changer l'airain !
Que peut ton orgueil en attendre ?
Ton fouffle éteint, tes biens en cendre,
Et les fifflets du genre humain.

Pour tirer du fein de la terre
Ces maffifs, ces marbres pompeux;
Dans une échelle circulaire
Voyez gravir ce malheureux;
Contre-poids d'une maffe immenfe,
Son corps en fufpend la balance
En équilibre avec la mort.
Le cable caffe, & dans l'abyme
Tout s'engloutit, maffe, & victime.
Courtifans, voilà votre fort!

Si, malgré mes triftes préfages,
Efclaves de l'avidité,
Vous voulez braver les orages
Que fouffle la cupidité,
Ambitieufes créatures,
Venez entrevoir les tortures,
Où nous enchaînent les hafards.
Sujet de ce lugubre empire,
Auffi trompé par mon délire,
J'y vais conduire vos regards.

UN Temple, séjour des alarmes,
Eut pour Architecte l'erreur ;
Un ciment trempé par des larmes
En a consolidé l'horreur.
Le repaire de la Furie
Fut élevé par la folie,
Vile esclave d'un vain desir.
On en appuya les deux ailes
Sur deux colonnes éternelles,
L'ambition, & le plaisir.

D'UN côté de cet édifice
Est un bois planté de cyprès ;
De l'autre est un long précipice
Effroyable écho des regrets :
Là, par les soins de la Mégère,
Le tableau de notre misère
Devant nos yeux est suspendu ;
Et pour mieux déchirer nos âmes,
Chacun y voit en traits de flammes
Le fantôme qui l'a perdu.

Toi, qui viens dans ce labyrinthe,
Egaré par tes paſſions,
Prépare ta bouche à l'abſynthe,
Et tes entrailles aux poiſons.
Jette un coup-d'œil ſur la ſubſtance
Qui va former ta ſubſiſtance :
Un noir brouillard pour élément,
Le fiel pour unique breuvage,
Pour conſolation, la rage,
Le remords pour tout aliment.

En vain ton déſeſpoir réclame
Les droits ſacrés de l'amitié ;
Tu connoîtras bientôt ſon ame
A l'œil de la fauſſe pitié.
Filons-nous nos jours à notre aiſe,
Son cœur alors eſt la fournaiſe,
Où brille un feu de purs ſarmens ;
Mais touchons-nous à la pouſſière,
Le foyer ſe change en glacière,
Où ſe concentrent ſes ſermens.

DÉSORMAIS les jours de ta vie
Seront tous marqués par tes pleurs.
Tu vas boire jusqu'à la lie
Le calice amer des douleurs.
Envain ton esprit se consume,
Pour en adoucir l'amertume.
Plus sage enfin, subis ton sort.
Martyr de ton extravagance,
Dans l'horreur d'un morne silence
Dévore-la jusqu'à la mort.

HEUREUX Mortel, exempt d'ivresse,
Dont l'ame au-dessus de l'erreur
Sut dispenser avec sagesse
Le tems, les biens, ou la faveur,
L'œil en pleurs à l'heure dernière,
Quand ton fils ferme ta paupière,
C'est le dernier de tes plaisirs.
Pour nous, aux bornes de l'arêne,
Quand la mort brise notre chaîne,
C'est le dernier de nos soupirs.

F I N.

Lu & approuvé ce 24 Septembre 1782.

DE SAUVIGNY.

Vu l'Approbation, permis d'imprimer, le 24 Septembre 1782. LE NOIR.

De l'Imprimerie de PRAULT, Imprimeur du Roi, quai des Auguſtins.